별나라 여행

별나라 여행

—

초판 1쇄   2014년 10월 13일
지은이   전일희
펴낸이   김영재
펴낸곳   책만드는집

—

주소   서울 마포구 양화로3길 99 4층 (121-887)
전화   3142-1585·6
팩스   336-8908
전자우편   chaekjip@naver.com
출판등록   1994년 1월 13일 제10-927호
ⓒ 전일희, 2014

—

* 이 책의 판권은 저작권자와 책만드는집에 있습니다. 이 책 내용의 전부
   또는 일부를 재사용하려면 양측의 동의를 받아야 합니다.

* 잘못 만들어진 책은 구입하신 서점에서 바꾸어드립니다.

* 본 도서는 2014년 한국문화예술위원회, 부산광역시, 부산문화재단의
   사업비 지원을 받았습니다.

—

ISBN   978-89-7944-495-7 (04810)
ISBN   978-89-7944-354-7 (세트)

책 만 드 는 집　시 인 선 058

별나라 여행

전
일
희

시
집

책만드는집

나의 시조는 가도 가도 이를 수 없는
신기루 속 오아시스처럼 저만치 멀리 있다.
뻗으면 잡을 듯이 가까워
사십 년 가까이 짠 그물을 던지지만
걸리는 건 기껏 피라미, 올챙이뿐이다.
제대로 된 한 편의 시조를 쓰고 싶지만
시간만 자꾸 나의 등을 떠민다.
물결에 몸을 맡기고
그물에 걸리지 않는 바람처럼
무소의 뿔처럼 남은 길 가고 싶다.

—2014년 9월
전일희

| 차례 |

1부 참대 숲에서

2부 별나라 여행

3부 가섭의 발우

4부 도시 농부

5부   결산

1부
참대 숲에서

금강송 그리운 날

늘 푸른 금강송을
한없이 그리워한다

시대와 악수를 나눈
손바닥이 터지도록

쩌렁한 퇴계 목소리로
매질하는 나무여

올곧게 사는 일이
얼마나 어려운가

세상을 핑계 삼아
조금씩 기운 등뼈

청빈한 기운이 서린
솔잎 촘촘 돋는다

독감

사나흘 오슬오슬 한기가 엄습하더니
콧물에 재채기까지 삭신이 쑤셔댄다
잘 달인 생강 파뿌리 방어막이 무색하다

한 움큼 약에 취해 꿈길을 헤매는 사이
기침은 도라산역을 지나면 멎을 게다
습설濕雪에 무너지는 지붕 신열 높은 한반도여

부은 목젖 가라앉고 산새 울음 쾌청하면
몸속에 오래 묵은 이념의 바이러스
봄 나팔 진군하는 생명에 퇴각 날이 가깝다

몇 개의 부사副詞에 관한 생각

길이 끝나는 데까지 똑바로 걸어야 하리
꽃들의 유혹에는 눈길 주지 않고
마지막 한 걸음마저 옮겨야 하리, 깨끗이

그분이 나를 불러 보내신 뜻 따라
나비의 춤사위에 한 눈 팔지 말고
하늘 문 닫힐 때까지 가야 하리, 정확히

안으로 끓는 생각 작두로 잘라내고
웃자란 허상마저 모조리 가지를 쳐
한 줄기 가을바람으로 넘어야 하리, 의연히

밥그릇 이야기

1
드디어 수저 놓고
놋그릇에 절을 올린다

언제나 아버님은
빙그레 웃으실 뿐

고봉밥 넉넉히 드시도록
촛대 한 쌍 밝힌다

2
내 사촌 '영식'이는
밥그릇 타령하다

빨간 띠 이마에 매고
잘도 노랠 부르더니

어느 날 숟가락을 놓고
묏밥 뒤에 앉았다

3
뿔테 안경 까만 양복
즐기시던 우리 아재

금쌀 은쌀 지어 먹다
밥그릇 놓으시고

가락지 굵은 것 차시고
지금 면벽面壁 중이시다

피서

개마고원 아니면 장백산 어디쯤 가
말갈족 아이들이 첨벙거리는 골짝에 누워
살갗에 소름이 돋는 골바람을 쐬런다

열섬이 끓는 전선戰線 훌쩍 뛰어넘어
이쪽 저쪽에 갇힌 온난한 반도를 떠나
해란강 바람 부는 모래에 텐트 하나 치고 싶다

열대야 시대에는 뜨거운 뉴스 멀리
거란족 고구려족 칼날이 부딪치는
연해주 시퍼런 바다에 풍덩 뛰어들런다

부산 갈매기

부산 사람 가슴에는 돌멩기가 자라고 있다
가슴을 따보면 갈매기 울음 높고
울음 끝 고이는 맛깔이 알록달록 박혀 있다

부산 사람은 뱃고동 소리로 운다
이 저자 밑바닥의 가난한 이웃들이
배짱껏 버텨내라고 베이스트럼펫 밤낮 분다

부산 사람 눈빛에는 꿈꾸는 소라가 산다
바다는 동화 나라 사연을 담은 치마
펼치면 고단한 삶이 십자수에 촘촘하다

댓잎 바람 생각

댓잎 바람 그리울 땐
죽녹원을 걸어본다

조선사朝鮮史 갈피마다
피 냄새 싱그럽고

대숲엔 하늘 북소리
뭉게구름 피고 솟고

꼿꼿한 너의 기운
가슴 한껏 들이쉬다

터지고 휜 등솔기에
죽비 소리 요란하고

청정한 바람 이는 봉서封書
두 손으로 받든다

청백리
– 정선의 「경복궁」을 보며

북악산 인왕산의
부릅뜬 눈 보았는가

근정전 쓸고 가는
옷소매 안의 바람

등뼈를 곧추세운 소나무
창검처럼 빛나다

백령도 물범과 함께

바람에 실려 오는 황해도 닭 울음이
요동벌 옥수수가 물결 이는 푸른 하늘이
무시로 인당수에 밀려와 물범들과 함께 논다

군화軍靴는 어지러이 콩돌밭을 자글대는데
포신의 가늠쇠에 정조준된 점박이는
사공의 노래로 안다, 황포 돛대 펄럭이는

예성강 상쇠는 연백 들판 꽹과리로 열고
덩더꿍 심청이는 풍어제 굿판에 서
죽은 이 모두 불러내 춤을 추는 바다여

서낭당에서 온 편지
-어느 노숙자의 주검 앞에서

그 옛날 네 배내옷 마름질이 끝날 즈음
수탉 울음 그리 유난히 높던 새벽
샛별도 미소 머금고 천지간에 떴었지

네 목숨 천수토록 오색 비단 엮어놓고
돌 하나 마음 하나 쌓은 탑이 몇 단인가
저승에 누워 듣는 소식 부질없는 바람 분다

너는 내 귀여운 손주 예순 해 전 둥근 달아
서낭당 고갯길 가을 물로 흘러와서
이승의 또랑한 목소리로 삽짝 밖에 섰어라

부정과 긍정
-이태석 신부님께

삼천 원 잔액으로
먼 길 떠난 이야기나

꿀꺽 먹은 뇌물에
급체한 선량選良 얘긴

더 이상 뉴스가 아니다
해가 뜨고 지듯이

한평생 꼬깃꼬깃
쟁인 사랑 붓고 간 분

아프리카 오지에서
울려오는 신부님 노래

지구를 몇 바퀴 돌아온
뭉클한 뉴스다

24

염리廉吏의 하늘

깊고 푸른 저 허공을
언제 이고 서보나

청죽靑竹은 낮밤 없이
이 땅을 비질하여

깡마른 염리의 하늘에
하나둘 별을 심건만

솔바늘 나무 아래
어느 때 앉아보나

사서史書 뒷장 어디선가
맑은 바람을 보내

티 한 점 내려앉지 못할
가을 하늘을 드리우건만

참대 숲에서

변절의 시대에는 참대가 잘 자란다
세상 가운데에 서너 그루 심어두면
먹물 향 빳빳이 먹인 갓에 죽순처럼 돋는다

배반의 거리에는 선죽교가 걸려 있다
피 터지는 시절 앞에 무릎은 꺾어져도
역사의 끝자리마다 단령포團領袍가 단정하다

모역謀逆하는 밤하늘엔 댓잎 소리 더 푸르다
악수를 나눈 문명文明을 바람이 쓸어 가고
깡마른 혼불을 켜고 고독하게 타오른다

2부

별나라 여행

만추晩秋 여행

하늘이 우물처럼 고요하고 깊습니다
그런 날엔 산과 들이 고개를 숙입니다
억새꽃 명상하는 씨앗이 떠날 채비를 합니다

색깔을 지워내면 뼈만 남는 가을입니다
껍질을 벗은 몸이 제 무게로 앉습니다
침묵의 먼 귀로歸路에는 눈이 내릴 겁니다

구름이 실오리로 얽혔다 풀립니다
사랑 미움 단풍잎이 하나둘 떨어집니다
황홀한 노을 아래로 아득한 길이 열립니다

그날 이후

모든 게 죽고 나면 무엇이 남을까
내 노래 내 이름이 가루가 된 허공 한켠
인연의 거미줄마저 활활 불이 붙는다

윤회라는 물레 틀은 몇 겁을 돌고 돌아
풀과 바위 사이 물소린 새 길 열고
참새 떼 우는 아침에 햇차 한 줌 우릴까

신神은 느긋이 앉아 익도록 세월 굽고
소리와 흙 아니면 바람 몇 올을 섞어
너와 나 홀연히 내보내는 새 그림을 그릴까

밀양시 청도면 요고리
－서태수 시인 집을 다녀와서

청도면 요고리에 사는 서형 내외
복사꽃 살구꽃 등불 켠 사립에 기대
잔잔한 봄 웃음을 짓고 나그네를 반긴다

산 푸른 초옥에는 토종벌도 날더라
푸짐한 상추쌈에 오가는 정분이
꿀처럼 흐르는 시간들을 봉방蜂房 가득 채우더라

막사발 막걸리 철철철 넘쳐나고
시조 몇 수 안주 삼아 벗에게 권할 즈음
삽사리 냄새를 맡고 판에 끼이려 하더라

앉은뱅이 소나무

1
야산 먹바위 안고
외틀어 앉은 저 소나무

금강송 아니어도
은은한 향기 뿜어

절벽을 숨 쉬는 인생이
한 점 그림 아닌가

2
청청 하늘을 둘러
어디에 발을 뻗나

너는 조선의 상민
허우대로 하늘거려

부복할 한 뼘 땅이 간절한
늘 수척한 농부여

합천 사람

합천 사람에겐
가야산 솔향기 난다

홍류동 맑은 물이
불경처럼 흘러들어

때로는 가슴으로 우는
범종 소리 들려온다

합천 사람에겐
합천호 물 냄새 난다

산색 물색 때깔 닮아
늘 푸른 눈빛이다

차 한잔 나눠 마시면
금방 단풍 물 든다

백련白蓮과의 문답

나 다시 태어나면
백련으로 서고 싶다

구름 비 천둥소린
뿌리에 거둬놓고

진흙탕 세상을 디딘
꽃대 하나 세우련다

부귀도 이름도
이슬로 굴러가고

천의天衣 속 무심無心마저
투명하게 얼비치는

목덜미 방금 내밀고 선
신탁神託의 꽃 피우련다

어떤 화공

나의 화선지는
예전처럼 엉망이다
지우고 만들고
만들고 지우는
붓꼬리 춤춘 자리에
송이 별星이 엉킨다

별끼리 손을 잡고
안고 도는 우주 안팎
찰나마다 변심하는
떨리는 입술처럼
화장을 끝낸 은하의
안가슴이 눈부시다

삶과 죽음 길을
황금비黃金比로 구도 잡고
일체의 생명이 다한

먼 별나라 황무지서
열두 색 물감을 풀어
혼돈의 시간 물들인다

공양 이후

이 산 저 산 푸른 솔을 두리반에 차려놓고
다람쥐 딱새 박새 둘러앉은 공양간에
부처님 웃는 얼굴로 아침 해가 들어선다

벌레 먹은 잡나무를 딱따구린 목탁 치고
하늘이 짠 그물에 걸린 생명의 업보
두 손에 소롯이 모아 무릎 꿇고 올린다

대취타 연주하던 바람 숲 찾아들고
만종晩鐘 소리 가라앉은 막막寞寞한 마을 위로
졸음에 겨운 달빛만 하품하고 길을 간다

공룡 시대

장바닥 구멍가겔
풀처럼 먹어치우는

공룡의 울음소리
들려오는 백악기엔

무소는 뿔을 키워야 하리,
무릎 통뼈로 일어서게

발톱 세운 빌딩 숲엔
두뇌 회전 바쁜 네온

휴대폰 꺼놓고
별 내리는 언덕에 올라

무소는 덩치를 키워야 하리
뚝심으로 달리게

운석

이따금 선녀들이 두레박에 실려 오는
별나라 이야기꽃 무르익는 한여름 밤
우주 밖 암흑을 뚫고 산마을에 내렸다

그런 날 아침이면 고추 숯이 매달리고
별똥별 타고 내린 동방박사 멧새 떼가
금줄에 높은 음표를 줄을 지어 찍었다

촌로村老는 어김없이 마당가 쑥불 놓고
아이는 개똥참외 단내 나는 잔별을 따
솟대 끝 달나라 멀리 징 소리를 풀었다

별나라 여행

별 너머 은하 건너 또 다른 우주 어디
사철 내내 웃음꽃이 메꽃 번지는 마을
어머니 기댄 사립에 봉선화 붉은 어디

태엽 풀린 세월을 되감는 나이쯤 떠나
우주 너머 새 별들이 뜨고 지는 풀밭 어디
사랑이 솜꽃 흩날리는 언덕 달이 뜨는 어디

무지개 타고 내린 동화의 나라 어디
그리운 얼굴들이 밤새껏 둘러앉아
못다 한 슬픈 이야기 유성으로 타는 어디

지구 밖 은하 너머 우주의 바깥 우주
생각의 끈을 풀어 닿지 못할 풍경
그 속을 훌훌 털고 나가 연줄 끊긴 별 어디

3부
가섭의 발우

탄생

마지막 먹구름을 걷어낸 가을 하늘이다
미움 하나 스미지 못한 하느님 마음이다
무릎을 꿇고 경배드릴 울음이다, 소리다

고귀한 신의 사랑 받잡기 두려워라
초롱초롱 눈망울에 처음 부딪는 경이驚異
저 무심 바닷속으로 뛰어들고 싶어라

세상을 주먹 쥐고 펼 줄을 몰라라
우주의 숨소리가 쿵쿵쿵 울려오고
태초의 빛이 하 부시어 절로 눈을 감는다

할머니의 젖꼭지

겨울처럼 추운 날엔
할머니 젖꼭지를 튼다

어느덧 아내도
손주의 젖이 된 나이

메마른 가슴에 안겨
우리 셋이 꿈을 꾼다

어린 날 고사리손
보듬고 수유하듯

쪼그라진 할머니의
젖샘은 넘쳐흘러

목마른 세월의 강을
거룩하게 건너는 중

독거

아파트 강아지만 낑낑대는 줄 알았다
암짝 잃은 신장
돌쩌귀 않는 소릴
외출 시時
고무신 한 짝이
퍼 나르고 있었다

발자국에 강아지만 꼬리 치는 줄 알았다
사람 냄새 킁킁거린
하루를 또 보내고
저승이
부르는 소리도
반가워서 내닫는다

유혹

살다가 외로울 땐
벗이여 오시게

소주 값 걱정 말고
옛 정 챙겨 오시게

가을날 아무 버스나 타고
종종걸음 오시게

비릿한 우리 삶은
왕소금 철철 뿌려놓고

전어 살점 툭툭 터지는
이야기를 안주 삼아

살다가 바삐 떠나기 전
꼭 한번 오시게나

아버지의 기도

그날 아버님은
가을 잎 한 장 무게

글썽한 당신 눈물
내 등을 적시고

보내신 사십 년을 흘러
명치끝이 저리다

늘어진 팔다리를
추켜 업은 자식을

"괜찮다 괜찮다"
되뇌시던 여린 음성

나에게 주신 마지막 기도
종소리로 굴러 온다

유산 遺産

귀여운 내 손주야
할애비가 남기는 건

들녘에 번져가는
꽃무리 닮은 미소와

청명한 가을 하늘 닮은
한 조각 마음뿐

할애비의 할애비께서
물려주신 샘도 주마

길 가다 목마르면
바가지로 양껏 담아

길손들 목 축여주고
너도 함께 마시렴

어머니의 강

지금도 어머니는 강 얼음 깨우시고
울 아기 보조개가 번지는 물살 속을
물안개 자욱한 구순九旬에 방망이질 하시는가

정맥과 뼈마디만 지니신 당신 앞에
병상 위 벽시계는 걸음을 재촉하고
방황한 시선이 겨우 연 창밖에는 비 내리고

당신 기저귀를 빨지 못하는 육순 자식을
풀어진 눈동자로 말없이 끌어안고
'술 묵고 댕기지 마라' 고드름으로 누운 강

자비

이승의 품속 깊이 안고 가는 나의 단어

마음 안길 박꽃들이 줄지어 미소 짓고

불두화佛頭花 어우러진 산문山門엔 무연자비無緣慈悲 달이
밝네

동행

걸어온 길 모르니
가는 길 묻지 말게

서덜길 너덜경에
바람 숲 일렁이고

눈물을 지워낸 고개에
안개꽃 피지 않던가

행복의 무게는
더 이상 달지 말게

따뜻한 너의 눈빛
마주하는 순간마다

해와 달 황홀한 교감交感 그리고
아름다운 별의 종말

질그릇의 행복

한 잔의 막걸리를
두 손으로 올립니다

이齒 빠진 아버님이
웃으시는 사진 앞에

엎드린 손주놈 고갯짓
돋는 앞니 흽니다

아들 내외 손주 손녀
삼대가 앉습니다

나물밥 숟가락이
정말 바쁜 밤입니다

질그릇 식구가 다 모여
잿물 윤이 납니다

사랑

성자의 귀한 말씀 마음에 뿌리내려

목숨껏 사람마다 하늘을 새로 열고

두 눈을 감는 날까지 화사하게 서보네

가섭의 발우

-2014년 송파구 세 모녀의 주검을 보며

백결百結의 장삼 걸친 가섭의 방앗공이
송파구 어느 마을 싸락눈으로 내려 쌓이고
삐뚤한 모녀의 글씨는 발우에서 물결 인다

오봉산 칼바람에 창문은 불을 끄고
마지막 눈물로 깨끗이 데운 단칸방
존자의 염화시중이 달빛으로 스몄다

채우고 비우는 하루살이 삶 속에서
바닥을 기어가는 미투리는 또 터지고
발가락 틈새마다 뿜는 피고름에 절을 한다

4부
도시 농부

퇴직 이후

아파트 숲 공터 두어 평을 호미로 일군다
어디서 본 듯한 무수한 보석이다
흙냄새 싱싱하게 달린 돌멩이를 캐내며

몇 올 남은 머리칼에 세상사 흩날리고
가을 새 지저귀는 햇살을 뿌리던 날
도회의 한 귀퉁이에 젊은 날이 묻힌다

한 뙈기 텃밭 멀리 구름 머무는 땅
시냇물 찰방대며 천렵하는 아이처럼
하늘땅 빚어낸 정음正흡을 끄덕이며 배운다

씨앗

이 푸른 우주를
누가 열어다오

바람아 햇살아
속옷마저 벗겨다오

내 사랑 몰래 터지게
적셔다오, 이 밤 내내

적막한 한 톨의
고독을 깨워다오

떠돌이 은하처럼
깊은 꿈 떨어내고

다정한 눈짓으로 사는
별나라에 세워다오

텃밭 경영

호미 한 자루로
텃밭을 일구다
아파트 동과 동 사이
자투리땅 예닐곱 평
구름이 비를 뿌린 뒤
상추 깻잎 싱그럽다

돌담 아래 둘러 심은
국화와 코스모스
별무리 피고 지듯
가을 나이 깊어지자
황국이 이르는 말에
눈과 귀가 열린다

도시 농부

나에겐 시멘트를 부술 괭이가 없다
질식한 땅을 깨워 지렁이가 숨 쉬도록
손바닥 못 박일 때까지 호미질로 안간힘

나에겐 덩굴손을 자를 조선낫이 없다
저들끼리 해 가리고 무성히 번져가는
해묵은 패거리에게 짱돌 뽑아 날릴 뿐

나에겐 먹구름을 찌를 죽창이 없다
달동네 온기 훔친 저 통통한 오리들을
삶아낼 가마솥 대신 달궈진 시조 몇 줄뿐

시락국 한 그릇

한 그릇 시락국에
보리밥 말아본다
졸업장 두께처럼
늘어난 뱃살을
된장에 풋고추로 다스리는
딸깍발이 걸어온다

박을 심으며

봄꽃이 병풍 친 날
박 구덩이 깊이 판다
제비 집 짓고 사는
고층의 신혼부부
바자울 넌출을 따라
의문부호 찍는다

올해의 한가위엔
기막힌 보름달 캐
등불이 꺼진 집안
덩두렷 걸어두면
서울의 손주놈 눈이
박 덩이로 열릴 게다

술꾼

바다가 술이라면
얼마나 좋으려나
마실수록 넘쳐나는
술독을 종일 차고
갈매기 어르는 정은
나누어 마시고

푸른 산 안주 삼아
호수를 들이켜면
달빛에 잔물결이
더덩실 어우러지듯
내 사랑 바가지째 퍼
밤을 새워 권하고

배추벌레를 잡으며

배추밭 배추벌레
보이지 않는 한낮

푸른 수의 곱게 입고
곰실곰실 기어간다

마지막 허물마저 벗은
나비 한 마리 날아간다

수박

어린 모종 한 녀석을 텃밭에 옮겨 심다
병아리 부리처럼 암수 꽃 시끄럽더니
어느 날 새끼손톱만 한 점박이 알 낳았다

낙과할까 조석으로 눈길이 머물러
고사리 아기 주먹 까까머리 굵어지고
까칠한 할아버지 손에 여름밤이 익었다

빠개면 빨간 속 할머니 마음 안 같아
달콤한 과즙에 이 갈증도 달래거니
아파트 등 켜는 시간까지 밭머리에 앉았다

축복

어찌 풀잎으로 서게 한 것뿐이랴
때로는 콧대 높은 꽃대 부러뜨려
대지大地에 무릎 꿇리는 비바람도 있지 않은가

어찌 나무로 자라게 한 것뿐이랴
녹음을 혜는 새가 노래하는 순간순간
하늘을 떠받친 가지에 원顧의 불꽃 타오른다

병들고 짐스러운 내 영혼 잎사귀를
당신 가까운 자리 차곡차곡 쌓아가는
까투리 깃털에 안긴 동그만 알 하나

다시 텃밭에서

텃밭 가꾸는 일이 시작詩作보다 재미나다
번개가 내려쳐야 나올 듯한 나의 노래
하늘 뜻 물조리로 푸니 가을 아침 청명하다

씨앗 묻고 이제저제 기다리는 돌담 아래
열리고 닫히는 우주의 발걸음이
터지는 씨눈에 묻혀 뚜벅뚜벅 들려온다

호박꽃

한여름 뙤약 아래 부네탈 쓰고 와선

동네방네 양반 선비 눈짓으로 녹여내고

오금춤 굿거리장단에 한창 달아오른 꽃

허벅지 꿀샘 문을 하루 종일 들락거리는

중탈을 한 벌떼가 빈농의 담을 넘어

슬며시 능구렁이로 기어드는 시절 꽃

봄 수레

봄날이 또 왔다고
고목조차 화색 돌고
들과 산엔 꽃잔치로
바야흐로 시끌벅적
가득한 폐지 수레 위엔
나비 한 마리 없다

거리 메운 자동차는
세월 먼저 달리고
화려한 시어詩語만
네온 따라 춤을 춘다
한 발짝 끌어당길수록
거꾸로 가는 두 바퀴여

5부
결산

낙일落日 감상

지는 해가 홍옥으로 서산에 걸려 있다

홍조 띤 늙은이 뉘엿뉘엿 가고 있다

작별의 뜨거운 손짓, 남은 사랑이 타올랐다

강을 배운다

아래로만 흘러가는 개울을 배운다

큰 바위 작은 바위 얼굴을 문지르고

볕살이 박수 소리 내는 가을 들을 나선다

낮은 자리에 앉아 한결 맑아오는

속눈썹 떨려 오는 소녀의 기도 소리

촛불로 야위어가는 겸손의 강 배운다

떠다니는 섬

한 줄기 바람에
벗들 소식 묻어온다
굴밭 멍게밭 사이
모두 등 푸르게 사는데
닻 내릴 바다는 어딘가
떠다니는 섬이여

나를 키운 사랑의 땅
삽짝 밖을 서성거리다
고향 사람 아무나 붙잡고
밤새워 울고픈데
이 거센 운명의 조류는
자꾸 등을 떼미는가

죽음 연습

어차피 대낮 아래 펼치는 승부라면

한 송이 꽃 시간 안에 피우게 하시고

이승 빚 죄죄 갚은 뒤 올 때처럼 거두시고

단번에 나의 검을 동강 내시겠지만

그 아픔도 감당 못 할 커다란 은혜임을

살아온 발자국마다 사랑 눈물 고이시고

멸치에 관한 추억

섬들이 떠다니는 한려閑麗의 여름날은
발가숭이 물장구에 숭어도 튀어 올라
하늘을 놀이터 삼아 첨벙거리는 원시原始여

시거리* 피는 밤엔 몇 곱절 늘어나는 별
멸치의 군무群舞 따라 새도록 춤을 추다
불배들 후리질 소리에 셀 수 없이 걸렸다

안개 낀 수국水國을 왜가리 깨우지만
속살 드러낸 바다 여지껏 꿈나라
물결만 칭얼거리는 어린 왕자를 다독였다

* 통영 지방의 방언. 바닷물이 밤에 야광충 모양으로 빛을 발하며 수없이
  잉잉거리는 모습.

사포질

남은 세월의 조각
사포질 곱게 한다
소용돌이 자국들은
결 따라 밀어내고
모서리 날카로운 곳은
부드러이 닦는다

얼룩진 지문을
하나둘 지워낸다
등불을 환히 켜고
반달무늬 돋아나게
속살이 얼비치도록
이 밤 내내 문지른다

가을 편지

미안한 나날들로 붉어지는 가을입니다

어우러져 살아온 길가의 풀꽃에게

젊은 날 가슴으로 운 슬픈 시간 적습니다

여기 길 끝까지 손잡고 걸어와

기대고 살 부비며 숨 쉬던 우주 한켠

철 늦게 글썽거리는 마음을 사연으로 담습니다

바보 연습

소달구지 느릿느릿 덜컹대는 시골길을
민방위 공습경보 사이렌은 질주하고
촌로의 방귀 소리에 히죽거리는 황소처럼

아기의 눈동자가 처음 머문 방 안을
인터넷 케이블이 어지럽게 발 뻗어도
나팔꽃 창가唱歌를 배우는 개구리의 울대처럼

말문 닫고 앉은 가을 산 먹바위인 양
발아래 소요騷擾하는 생명의 끓는 욕망
읽지도 쓰지도 못하는 무지렁이 시인처럼

통영 바다 1

얼마쯤 그물 풀면 닿을 수 있을까요
물결로 구름으로 여지껏 헤엄치는
잘피 숲 주름에 가린 열아홉의 바다여

발가숭이 동무들이 꿈길까지 따라 나와
사투리 한 소쿠리 쏟아내고 돌아가는
갯마을 동화 속 나라 어린 왕자 놀던 바다

떠돌다 지치면 통통선 타고 오라
잠기고 뜨는 섬은 돛대를 막 올리고
신들의 축제를 알리는 나팔 소리 내는 바다

통영 바다 2

내 고향 통영은
학鶴꽃이 섬을 덮고

꿈길을 간질간질
물결에 잠들고 깨는

소박한 영혼의 나라
안기고 싶어라

스치는 촌부 촌로
숙모 같고 조부모 같아

그렁그렁 그리움이
저절로 쏟아질 듯

발치에 두고도 머언
동화童畵 속 꿈나라

결산

한 생이 저물기에
최후의 보고서 쓴다

차변 대변 가감加減하고
남은 숫자는 영

주머니 뒤집어 떨어도
동전 한 닢 소리 없다

빌리고 꿔 준 항項이
가지런한 인생 계정計定

몇 번을 검산해도
하나뿐인 정답 위에

공처럼 둥근 원 하나
그리고 만 결산서

"하늘땅 빚어낸 정음正音"으로서의 시조

유성호 문학평론가 · 한양대 국문과 교수

1

두루 알려져 있듯이, '시조時調'는 파격이나 일탈의 언어보다는 질서와 중용의 언어를 지향하는 양식이다. 정형 양식으로서의 시조의 속성은 이러한 질서와 중용을 요청하는 일종의 선험적 자질이다. 문학에서 형식이 내용을 규정하고 내용이 형식의 일부분으로 전화하는 것이 새삼스러울 것 없는 사실이라면, 시조의 정형 양식으로서의 성격은 '해체'나 '아이러니'의 미학보다는 질서와 중용의 미학을 추구하게끔 규율해온 가장 직접적인 힘이었을 것이다. 최근 발표되고 있는 시조 작품들은 이러한 질서와 중용을 통해 일종의 균형과 화해의 정신을 벼리려는 시편들이 적지 않다. 물론 우리는 이러한 작품들을 두고 현대시조가 모더니티의 핵심 중 하나인 해체나 아이러니의 정신을 담아내고 있지 못하다는 도전적 문제를 제기할 수 있다. 하지만 시조를 두고 현대시의 해체 미학이나 아이러니의 정신을 요청하는 것은, 시조의 양식적 가능성을 억압하는 일이 될 것이다. 오히려 시조는 정형 양식에 합당한 그리고 정형 양식이 요청하는 균형과 질서의 언어를 선호하고 그것을 확장해갈 뿐이니까 말이다. 형식이 내용을 규율한다고 하지 않았는가.

　전일희 시인의 이번 신작 시조집에는 40여 년의 시력으로 견고하게 다져온 고전적 사유와, 그럼에도 불구하고 삶의 가장 심원한 경지를 향한 낭만적 심혼이 큰 스케일 안에 밀도 높게 어울려 있다. 그 점에서 전 시인의 시집은 단연 균형과 화해의 정신을 담은 정형 미학의 한 본보기라고 할 수 있다. 가령 시인은 "물결에 몸을 맡기고 / 그물에 걸리지 않는 바람처럼 / 무소의 뿔처럼 남은 길 가고 싶다"(「시인의 말」)라고 말하고 있는데, 이 거칠 것 없는 자유로움과 그 자유로움의 극점에서 빛나는 고전적 사유가 이번 시집의 가장 중요한 기조를 이루고 있다 할 것이다. 이처럼 전일희 시편들에는 물

처럼 바람처럼 흐르는 자연스러움과 그 안에 담긴 시인의 삶
에 대한 잔잔하고도 결곡한 태도가 깊이 결속해 있다. 이제
그 세계 안으로 들어가 보자.

2

전일희 시학에서 가장 먼저 눈에 띄는 것은, 속악하고 어
지러운 세상에 대하여 일정하게 미적 거리를 두면서 스스로
를 깊이 성찰하고 세계와의 긴장을 수반하려는 일종의 '절조
節操'의 미학이다. 그 안에는 심미적 태도와 지사적 의지가 두
루 담겨 있다고 할 수 있다. 아닌 게 아니라 시인은 「참대 숲
에서」라는 작품에서 '변절'과 '배반'과 '모역謀逆' 등의 역리逆
理보다는, 빳빳하고 단정하고 푸르고 고독한 '참대'의 형상을
흠모해 마지않는 순리順理의 긍정을 노래한다. 그리고 "한평
생 꼬깃꼬깃 / 쟁인 사랑 붓고 간 분"(「부정과 긍정─이태석 신부
님께」)을 경의에 찬 시선으로 기억하는 한편, "사서史書 뒷장
어디선가 / 맑은 바람을 보내"(「염리廉吏의 하늘」)오는 숨결을
결코 잊지 않는다. 이러한 '절조'의 미학을 담고 있는 다음 시
편을 읽어보자.

늘 푸른 금강송을
한없이 그리워한다

시대와 악수를 나눈
손바닥이 터지도록

쩌렁한 퇴계 목소리로
매질하는 나무여

올곧게 사는 일이
얼마나 어려운가

세상을 핑계 삼아
조금씩 기운 등뼈

청빈한 기운이 서린
솔잎 촘촘 돋는다
ㅡ「금강송 그리운 날」 전문

우리가 잘 알듯이, '금강송'은 그 푸르고 곧은 자태 때문에 고고한 정신을 빗대는 상관물로 줄곧 원용되어왔다. 아닌 게 아니라 전일희 시인 역시 "늘 푸른 금강송"에 대한 한없는 그리움을 토로함으로써 '금강송'을 지고의 가치를 가진 존재로 받아들인다. 금강송의 이미지 안에는 "쩌렁한 퇴계 목소리로 / 매질하는" 것과 "올곧게 사는" 지향이 한데 어울려 있기 때문이다. 하지만 그 쩌렁함과 올곧음이란 우리 인간에게 얼마나 어려운 일인가. 그럼에도 시인은 '금강송'이 비록 "세상을 핑계 삼아 / 조금씩 기운 등뼈"를 가졌지만 거기서 "청빈한 기운이 서린 / 솔잎"이 돋는 것을 소망함으로써, '금강송'의 자태와 질감이 우리 시대에 진정으로 필요함을 노래한다. 둘째 수에 드러난 "세상을 핑계 삼아 / 조금씩 기운 등뼈"는 사실 시인 자신의 은유이기도 하겠지만, 시인은 그럼에도 불구하고 "청빈한 기운"을 스스로 다짐하고 있는 것이다. 물론 시인은 다른 작품에서 "금강송 아니어도 / 은은한 향기 뿜어 // 절벽을 숨 쉬는 인생"(「앉은뱅이 소나무」)을 소개함으로써, 고고한 기품의 '금강송'과 절벽에서 은은하게 살아가는 '앉은뱅이 소나무'를 동시에 긍정하는 너른 품을 보여준다. 이렇게 전일희 시인은 "등뼈를 곧추세운 소나무 / 창검처럼"(「청백리 ─정선의 「경복궁」을 보며」) 빛나는 모습에 찬탄과 외경을 표현하

면서, "꼿꼿한 너의 기운 / 가슴 한껏 들이쉬다 // 터지고 휜
등솔기에 / 죽비 소리 요란하고 // 청정한 바람 이는 봉서封書
/ 두 손으로 받든다"(「댓잎 바람 생각」)에서처럼 꼿꼿하고 청
정한 정신적 지경地境을 강렬하게 바라는 것이다. 단연 '절
조'의 미학이라 부를 수 있는 음역音域이라 할 것이다.

　　개마고원 아니면 장백산 어디쯤 가
　　말갈족 아이들이 첨벙거리는 골짝에 누워
　　살갗에 소름이 돋는 골바람을 쐬련다

　　열섬이 끓는 전선戰線 훌쩍 뛰어넘어
　　이쪽 저쪽에 갇힌 온난한 반도를 떠나
　　해란강 바람 부는 모래에 텐트 하나 치고 싶다

　　열대야 시대에는 뜨거운 뉴스 멀리
　　거란족 고구려족 칼날이 부딪치는
　　연해주 시퍼런 바다에 풍덩 뛰어들련다
　　　　　　　　　　　　　　　　　　—「피서」전문

　여기서 시인의 상상력은 공간을 한없이 넓혀 "개마고원 아

니면 장백산"까지 뻗어가고 있다. "이쪽 저쪽에 갇힌 온난한 반도를 떠나", 곧 "습설濕雪에 무너지는 지붕 신열 높은 한반도"(「독감」)를 훌쩍 벗어나, 민족적 기상과 열정이 충일했던 스케일로 시선을 향하고 있다. 거기서 상상하는 민족적 에너지는 "말갈족 아이들"과 그네들의 "골짝", 그리고 "살갗에 소름이 돋는 골바람"에 녹아 있다. 이러한 상상력을 통해 전일희 시인은 "해란강 바람 부는 모래에 텐트 하나 치고" 이 땅의 습하고도 뜨거운 전선을 넘어, "거란족 고구려족 칼날이 부딪치는 / 연해주 시퍼런 바다"로 뛰어들고 싶은 것이다. 이처럼 오랜 역사 속에서 우리 민족의 무대가 되었던 공간으로 확장해가는 상상력은, 다른 시편들에서 우주적 차원으로 나아가기도 한다. 그 시선은 "하늘을 놀이터 삼아 첨벙거리는 원시原始"(「멸치에 관한 추억」) 같은 시원의 기억이나 "별 너머 은하 건너 또 다른 우주 어디"(「별나라 여행」) 같은 너른 공간을 향하기도 하는 것이다.

길이 끝나는 데까지 똑바로 걸어야 하리
꽃들의 유혹에는 눈길 주지 않고
마지막 한 걸음마저 옮겨야 하리, 깨끗이

그분이 나를 불러 보내신 뜻 따라
나비의 춤사위에 한 눈 팔지 말고
하늘 문 닫힐 때까지 가야 하리, 정확히

안으로 끓는 생각 작두로 잘라내고
웃자란 허상마저 모조리 가지를 쳐
한 줄기 가을바람으로 넘어야 하리, 의연히
　　─「몇 개의 부사副詞에 관한 생각」 전문

　'부사'란 동사나 형용사, 다른 부사 앞에서 그 뜻을 한정하
는 말이다. 따라서 부사에는 어떤 현상이나 자질에 제한적
속성을 부여하는 경향이 있다. 시인은 여기서 '깨끗이', '정확
히', '의연히'라는 부사어를 자신의 정신적 에토스로 집약해
내는데, 거기서 파생되는 것들이 '똑바로', '마지막', '모조리'
같은 깨끗하고도 정확하고도 의연한 어휘들이다. 그 어휘들
이 관통하는 시인의 다짐은 가령 "길이 끝나는 데까지 똑바
로 걸어야" 하고, '유혹'이나 '춤사위'나 '안으로 끓는 생각'은
뒤로하면서 "마지막 한 걸음"을 걷듯, "그분이 나를 불러 보
내신 뜻 따라" 가는 것이다. "하늘 문 닫힐 때까지" 가야 하는
그 '길'은 "웃자란 허상"을 넘어 "한 줄기 가을바람"의 형상

을 시인에게 가져다준다. 모든 순간마다 "무릎 통뼈로 일어서게"(「공룡 시대」) 하는 시인의 견결하고도 부드러운 태도가 여기 충일하게 들어차 있다.

이처럼 전일희 시인은 스스로의 정신이나 태도를 다잡는 의미에서 '절조'의 미학을 줄곧 선보인다. 이러한 시적 구상에는 꼿꼿한 '금강송'이나, 광활한 시원의 땅이나, 정결하고 정확하고 의연한 내면이 담겨 있다. '금강송'에 대한 외경과 긍정, 시원이나 대륙을 향한 광활한 상상력, 견고한 내면으로 삶을 완성하려는 실존적 의지 등이 바로 그것이다. 이는 전일희 시인의 시편들이 미학적인 산물일 뿐만 아니라, 가열한 삶의 의지나 태도에서 발원한 결실임을 선명하게 알려준다 할 것이다.

3

그런가 하면 그동안 전일희 시인이 보여준 태도는 자연 사물이나 풍경으로 적극 외화한다. 그 점에서 전일희 시편에서 '풍경'이란, 그저 객관적으로 있는 것이 아니라, 내면과의 적극적 접면interface을 통해 스스로의 존재를 드러내는 '은유로서의 풍경'으로 다가온다. 그래서 대개의 풍경은 시인의 내면과 고스란히 유추적 등가성을 가지면서 펼쳐진다. 따라서 그 풍경 안에는 시인 자신의 실존적 초상이 담겨 있고, 시인이 지향해 마지않는 어떤 삶의 가치랄까 페이소스랄까 하는 것이 형상적으로 담겨 있다고 말할 수 있을 것이다. 다음 작품을 한번 읽어보자.

하늘이 우물처럼 고요하고 깊습니다
그런 날엔 산과 들이 고개를 숙입니다
억새꽃 명상하는 씨앗이 떠날 채비를 합니다

색깔을 지워내면 뼈만 남는 가을입니다
껍질을 벗은 몸이 제 무게로 앉습니다
침묵의 먼 귀로歸路에는 눈이 내릴 겁니다

구름이 실오리로 얽혔다 풀립니다
사랑 미움 단풍잎이 하나둘 떨어집니다
황홀한 노을 아래로 아득한 길이 열립니다
─「만추晚秋 여행」 전문

늦가을 풍경을 '여행'의 형식으로 수습하고 있는 이 시편은, 우물처럼 고요하고 깊은 가을 '하늘'과, 고개를 숙인 '산과 들', 그리고 '억새꽃'과 '단풍잎' 위로 '구름'과 '노을'이 펼쳐진 풍경을 묘사한다. 하지만 그 묘사는 "명상하는 씨앗"처럼 고요하고, "색깔을 지워내면 뼈만 남는" 것처럼 견고하고, "껍질을 벗은 몸이 제 무게로" 있는 것처럼 충분히 가라앉은 시인 자신의 내면과 적극 상응相應한다. 그렇게 "침묵의 먼 귀로歸路"에 접어든 시인은 "사랑 미움" 같은 것의 조락凋落과 함께, "황홀한 노을 아래로 아득한 길"이 새로 열리는 개안開眼을 경험한다. 이 '이욺'과 '열림' 사이에 시인의 '침묵'과 '노을'의 생이 깊이 각인되면서, 노경老境의 삶이 가장 아름다운 신생의 순간으로 열리고 있는 것이다. 이처럼 전일희 시인은 "기대고 살 부비며 숨 쉬던 우주 한켠"(「가을 편지」)을 묘사하면서 "목마른 세월의 강을 / 거룩하게 건너는 중"(「할머니의 젖꼭지」)이다. 그리고 시인은 그러한 풍경 안에서 시간이 깊이 침묵하며 자신만의 독자적 운동을 하고 있음을 선연하게 노래한다. 그래서 시인에게 '시간'이란 속도가 아니라 깊이의 차원으로 다가온다. 우리가 지금 시급히(아니 천천히!) 되찾아야 할 것도, 아니면 최소한 우리 삶에 흔적으로서 각인해야 할 것도 바로 이 시간에 대한 심층(深層, 그것은 '깊

이'의 문제이다 / 心層, 그것은 '마음'의 문제이다)적 사유의 태도
가 아닐 것인가. 그래서 전일희 시편이 담아낸 '만추'의 시간
은, 머물면서 깊고, 새로 열리면서 풍요롭다.

마지막 먹구름을 걷어낸 가을 하늘이다
미움 하나 스미지 못한 하느님 마음이다
무릎을 꿇고 경배드릴 울음이다, 소리다

고귀한 신의 사랑 받잡기 두려워라
초롱초롱 눈망울에 처음 부딪는 경이驚異
저 무심 바닷속으로 뛰어들고 싶어라

세상을 주먹 쥐고 펼 줄을 몰라라
우주의 숨소리가 쿵쿵쿵 울려오고
태초의 빛이 하 부시어 절로 눈을 감는다
―「탄생」 전문

이번에도 가을 풍경 속에서 길어낸 신생新生의 마음이 펼
쳐진다. "마지막 먹구름을 걷어낸 가을 하늘"을 두고 전일희
시인은 "미움 하나 스미지 못한 하느님 마음"이라 비유하고

있다. 소멸을 눈앞에 둔 가을이라는 계절에 서서 거기에 '신성한 존재'를 결합하는 마음은, 시인 스스로 "무릎을 꿇고 경배드릴 울음"을 그 안에 담고 있는 것이다. 그렇게 시인의 내면에서 울려 나오는 "소리"야말로 "고귀한 신의 사랑"을 받아들이려는 시인의 품을 다시 한 번 보여준다. 물론 그러한 수락과 긍정과 동화의 과정에는 일종의 두려움과 경이로움과 눈부심이 뒤따른다. 하지만 어느새 "초롱초롱 눈망울에 처음 부딪는 경이驚異"는 "우주의 숨소리"에 귀 기울이게 하고 "태초의 빛"을 바라보게 한다. 그러니 전일희 시인이 그려낸 가을 풍경은, 새로운 '탄생'의 과정이 아니겠는가. 결국 전일희 시편에서 풍경이란, "그렁그렁 그리움이 / 저절로 쏟아질 듯 // 발치에 두고도 머언 / 동화童畵 속 꿈나라"(「통영 바다 2」)처럼, 시인의 천진하고 절절한 마음을 담는 호환할 수 없는 미학적 그릇이 된다. 그 그릇은 "들녘에 번져가는 / 꽃무리 닮은 미소와 // 청명한 가을 하늘 닮은 / 한 조각 마음"(「유산遺産」)을 담고 있고, 그 안에서 "신神은 느긋이 앉아 익도록 세월 굽고 / 소리와 흙 아니면 바람 몇 올을 섞어 / 너와 나 홀연히 내보내는 새 그림을"(「그날 이후」) 그려갈 것이다.

앞에서도 강조하였듯이, 전일희 시인의 풍경 묘사에는 그만의 정신적 태도와 지향이 일종의 은유적 형식으로 깊이 갈무리되어 있다. 내면과 풍경이 한몸으로 결합하여 새로운 의미론적 차원을 파생시키는 정경교융情景交融의 한 극치가, 그 안에 일관된 미적 성취로 각별하게 깃들어 있는 것이다.

4

그런가 하면 전일희 시인은 이번 시집 행간 행간에 '시詩'에 대한, 혹은 '시'를 향한 자의식을 깊이 숨기고 있다. 시인은 '시'를 통해 '시가 무엇인가'를 사유하고 질문하고 있는 것이다. 시인은 궁극적 자아 탐구로 남을 수밖에 없고 심미적 함축을 욕망할 수밖에 없는 '시'에 대해 적극적으로 사유하는 의식을 내내 보여주는데, 가령 '시'는 '언어' 자체의 숙명처럼 '이야기하려는 것'과 '이야기된 것' 사이의 간극을 감수할 수밖에 없는 한계를 가진 양식임을 노래한다. 하지만 '시인'이란 언어적 자의식으로 충만한 사람인 동시에 이처럼 한계가 있는 '언어'를 통해 사물들의 참모습에 도달하려는, 불가능하고도 불가피한 소임을 맡은 존재가 아닌가. 다시 말하면 언어의 도구적 기능을 넘어 '언어 자체'에 대한 메타적 탐색에 공을 들이는 이가 아닌가. '도시 농부'라는 의미심장한

제목을 단 아래 시편도, 이러한 '시인'으로서의 자의식을 깊이 담고 있는 실례가 아닐 수 없다.

> 나에겐 시멘트를 부술 괭이가 없다
> 질식한 땅을 깨워 지렁이가 숨 쉬도록
> 손바닥 못 박일 때까지 호미질로 안간힘
>
> 나에겐 덩굴손을 자를 조선낫이 없다
> 저들끼리 해 가리고 무성히 번져가는
> 해묵은 패거리에게 짱돌 뽑아 날릴 뿐
>
> 나에겐 먹구름을 찌를 죽창이 없다
> 달동네 온기 훔친 저 통통한 오리들을
> 삶아낼 가마솥 대신 달궈진 시조 몇 줄뿐
> ─「도시 농부」 전문

'도시 농부'에게는 '괭이'나 '조선낫'이나 '죽창'처럼 시멘트를 부수고 덩굴손을 자르고 먹구름을 찌를 쾌도난마의 도구가 주어져 있지 않다. 여기서 이들 도구는 자연스럽게 시인의 '언어'로 의미론적 전이轉移를 이룬다. 말하자면 시인은 스스로 '도시 농부'가 되어 불구적이고 제한적인 '언어'를 붙안고 사는 자신을 토로하는 것이다. 그 대신 시인에게는 땅을 깨워 지렁이가 숨 쉬도록 하는 "호미질"과 해묵은 패거리에게 던지는 "짱돌"과 "달궈진 시조 몇 줄"이 있다. 여기 '호미'의 안간힘과 '짱돌'의 저항성, 그리고 '시조 몇 줄'의 뜨거운 에너지야말로 전일희 시인으로 하여금 '왜 시를 쓰는가?' 혹은 '왜 하필이면 시조인가?'를 스스로 묻고 답하게 하는 실존적 자의식의 밑동이 아닌가. 이처럼 전일희 시인은 "시조 몇 수 안주 삼아 벗에게 권할 즈음"(「밀양시 청도면 요고리—서태수 시인 집을 다녀와서」)을 소중히 여기면서, "번개가 내려쳐야 나올 듯한 나의 노래"(「다시 텃밭에서」)를 부르고 있다. 그 점에서 둘도 없는 '시조 시인'으로서의 자의식을 지니고 있는 것이다. 한편으로 시인은 그 자의식을 통해 전 우주를 담은 생명의 원형으로서의 '씨앗'을 얻어 가기도 한다.

이 푸른 우주를
누가 열어다오

바람아 햇살아
속옷마저 벗겨다오

내 사랑 몰래 터지게
적셔다오, 이 밤 내내

적막한 한 톨의
고독을 깨워다오

떠돌이 은하처럼
깊은 꿈 떨어내고

다정한 눈짓으로 사는
별나라에 세워다오
　　　　　ー「씨앗」 전문

'씨앗'이 직접 화자가 되어 스스로를 "이 푸른 우주"로 명
명하는 이 이채로운 시편은, '바람'과 '햇살'에게 속옷마저 벗
기고 자신 안에 가득 고인 사랑의 에너지가 몰래 터지게 적
셔달라고 기원하는 언어로 짜여 있다. 한밤 내내 그렇게 적
막하고 고독하게 존재하던 "한 톨"의 씨앗은, "떠돌이 은하"
가 되어 꿈을 떨어내고 그 결과 "별나라"에 세워지길 깊이 소

망한다. 가장 작은 '씨앗'이 '우주'라는 거대한 실재를 품고 있다는 생각, 그리고 '별'처럼 유동하는 실체가 가장 "다정한 눈짓"의 존재론적 소통을 가능하게 한다는 감각이 이 시편으로 하여금 '시'가 무엇인지를 알게 하는 일종의 메타 시편이 되게 하고 있다. 말하자면 시인은, 짧은 시 한 편에 우주를 담고, 사랑의 힘을 내장한 시를 통해 '적막'과 '고독'과 '꿈'과 '눈짓'을 사유하고 표현하는 것이야말로 시인에게 허락된 가장 가치 있는 소임임을 노래하는 것이다. 그렇게 자연 사물에는 "천의天衣 속 무심無心마저 / 투명하게 얼비치는"(「백련白蓮과의 문답」) 말들이 있고, 그 "성자의 귀한 말씀 마음에 뿌리내려"(「사랑」) 밝고 긍정적이고 심원한 세계를 이끌어가고 있는 것이다. 전일희 시인은 "해와 달 황홀한 교감交感"(「동행」)의 시간을 꼭꼭 눌러 담으면서 "나에게 주신 마지막 기도"(「아버지의 기도」)처럼 시를 쓰고 그렇게 '시인'으로 살아간다. 애잔하고, 아름답고, 스스로에게 가장 충실한 존재론적 고백이 아닐 수 없다.

마지막으로 이번 시집의 후경後景 가운데 하나는, 시인이 일종의 '이후의 날'에 대한 관조와 애정을 넌지시 보여준다는 점에 있다. 앞으로 더 '시'에 대한 사랑을 늘려가고 타자들에 대한 사랑을 넓혀갈 것을 희원하는 시인은, 연치를 더해감에 따라 연약해지거나 줄어들지 않고, 더욱 힘 있고 의미 있는 시간을 일구어갈 강렬한 의지를 보여준다. 이 점은, 이번 시집이 스스로에게 다짐하는 의미를 깊이 담고 있다는 것을 말해준다.

아파트 숲 공터 두어 평을 호미로 일군다
어디서 본 듯한 무수한 보석이다
흙냄새 싱싱하게 달린 돌멩이를 캐내며

몇 올 남은 머리칼에 세상사 흩날리고
가을 새 지저귀는 햇살을 뿌리던 날
도회의 한 귀퉁이에 젊은 날이 묻힌다

한 뙈기 텃밭 멀리 구름 머무는 땅

시냇물 찰방대며 천렵하는 아이처럼

하늘땅 빚어낸 정음正音을 끄덕이며 배운다

—「퇴직 이후」 전문

시인은 여전히 '도시 농부'가 되어, "아파트 숲 공터 두어 평을 호미로" 일구고 있다. 아마도 이 오랜 손노동은 시인이 스스로 "무수한 보석"을 가꾸고 "흙냄새 싱싱하게 달린" 세계를 다듬어온 '농부'로서의 존재론을 깊이 가지고 있는 상 징적 표상이 아닐까 한다. 원래 '시인'과 '농부'는 모두 손으로 생명을 안아 들이고 오랜 고통과 통증을 넘어 신생에 이르는 동일한 회로를 가지는 존재들이 아닌가. 그래서 '시인과 농부Dichter und Bauer'는 동일 운명의 존재라는 생각이 우리 주위에 많이 퍼져 있는 것이다. 그렇게 "도회의 한 귀퉁이에 젊은 날"을 묻으면서 시인은 '퇴직 이후'의 삶을 그린다. "시 냇물 찰방대며 천렵하는 아이처럼" 배워가는 "하늘땅 빚어낸 정음正音"은, 바로 그의 남은 생이 '시인'으로서의 생임을 어렵지 않게 짐작하게 하주고 있다. 그때 '하늘땅 빚어낸 정음'이란 말 그대로 '바른 소리'이기도 하고, 천지를 빚어내는 신성하고도 거룩한 '말씀'이기도 하고, 무엇보다 시인 고유의 재산인 '우리말'이기도 할 테니 말이다. 노모에게서 "고드

름으로 누운 강"(「어머니의 강」)을 바라보고, "옛 정"(「유혹」)에 인색하지 않은 모습을 보여준 시인은, 그 점에서 자신의 생을 "하늘이 짠 그물에 걸린 생명의 업보"(「공양 이후」)처럼 소중하고도 불가항력적으로 이어갈 것이다.

　우리가 잘 알고 있듯이, '시'가 구현해내는 이른바 '시적인 것'의 함의는 대상 자체의 묘사나 내면 토로 이상의 어떤 것이다. 많은 이들은 한 편의 완결된 시 속에 담긴 '시적인 것'을 통해 하나의 소우주를 경험하면서, 자신의 몸속에 빛나는 경험(기억) 하나를 각인한다. 그래서 시 안에 담긴 '시적인 것'은 대상 그 자체의 정보도 아니고 그것을 해석하고 평가하는 시인의 신념 또한 아니다. 그것은 주체와 대상이 어떤 정황context에서 만나는 '관계'를 언어적으로 재구성한 구성물일 뿐만 아니라, 거기에 하나의 배타적 세계를 담은 '소우주microcosmos'이기도 하다. 그래서 한 편의 아름다운 '시' 안에는 심미적 풍경의 담담하고도 깊은 묘사가 있고, 그와 함께 시인 스스로의 내면과 삶에 대한 해석안眼이 함께 농울치고 있는 것이다. 그러나 이때 정서는 다채로운 잡념으로 제시되지 않고, 하나의 '시적인 것'으로 응집된 집중화된 정서적 구성물로 나타난다는 점이 특징적이다. 이러한 작업을 전일희 시인은 '시조'라는 맞춤한 그릇에 녹여내고 있는 것이다.

　지금까지 우리가 읽어온 것처럼, 전일희 시인의 시조 미학은 정형의 틀에 담긴 단정하고도 견고한 정신적 태도와 그것을 잘 추스르고 담아내는 심미적 표상들을 깊이 결속하고 있다. 그 "하늘땅 빚어낸 정음"으로서의 시조 안에는, 최근 우리가 잃어버린 삶의 기율과 기품과 언어적 긴장이 들어차 있다. 그러한 미학적 긴장을 따라 우리는 시조 미학의 한 극점을 만나보게 되는 것이다. 그 가멸차고 팽팽한 정형 미학이 우리 시조 시단에 깊은 울림을 줄 것을 오래도록 기원해 마지않는다.